KB060236

청어詩人選 165

하얀 이별

김효철 시집

청어

하얀 이별

영혼을 울리는 바람 소리 오카리나에 흠뻑 취하여 10년여 전부터 오카리나를 배우고 있으며, 보고만 있어도 가슴 떨리는 아름다운 한글 궁체의 멋에 매료되어 서예를 시작한 지도 10년이 훌쩍 지났습니다. 하지만 아직까지 맑고 고운 소리와 아름답고 단정한 글씨를 만들어 내지 못하고 있습니다.

시를 쓴다는 것 또한 음악이나 서예와 같아서 세월이 가고 연륜이 쌓여야만 깊은 맛이 우러나오는데, 첫 시집에다 젊은 시절에 쓴 시가 대부분이라 오카리나 연주에서 악보를 보고도 다른 소리를 내고, 서예 궁체의 세로획을 삐딱하게 내리그은 마음입니다.

제1부 | 만남의 봄

제2부 | 젊음의 여름

제3부 | 사랑의 가을

제4부 | 이별의 겨울

제1부

만남의 봄

봄

봄볕은
아물아물 아지랑이 흐르는
포근한 저 언덕 너머보다
흐뭇한 내 마음속에
먼저 찾아와 살며시 머문다

봄꽃은
노릇노릇 햇살이 잘 배어드는
따스한 저 산등성이보다
행복한 내 머릿속에
먼저 피어나 곱게 물든다

그래서 봄은
마음속에 담아 보라고
머릿속에 그려 보라고
'봄'이다

봄날의 이별

봄날 늦은 오후 아파트 현관문 앞
이별을 앞에 두고 구슬피 내리는 봄비는
이젠 가라고 보내는 가랑비인가
더 있어 달라 붙잡는 이슬비인가
가늘게 내리는 빗물의 말뜻은 다르지만
애타 부서지는 마음은 같은 것

장밋빛 입술 떨며 안녕이란 말 전할 때
초롱초롱한 눈가에 고이는 이슬 한 방울
아, 보내고 떠나는 그 마음
빗물 되어 슬피 슬피 흘러라

세상 그 어디에
기쁜 헤어짐이 있으랴마는
이미 정해진 이별이라면
슬퍼도 기쁘게 보내야지
못내 그리워도 새 품에 안겨야지

늘 예찬하던 하얀빛 고운 자태 볼 수 없음에
차마 감당하지 못하고 터져 버린 여린 가슴

보내고 돌아서서, 텅 빈 거실에 숨죽여
그리움 꾹꾹 누르며 깨무는 체리빛 입술
두 사람의 젖은 눈시울처럼
하염없이
하염없이
내리는 촉촉한 봄비는
이슬 달고 떠나는 초롱이의 마음인 양
소리 없이
소리 없이
슬피 흐느끼며 봄날 오후를 적시네

꽃과 나비

어디선가
빨강과 검정으로 수놓인
한 마리 나비가
소리도 없이 날아왔습니다
날개를 나풀거리며
작고 노오란 꽃잎 위에
살포시 내려앉았습니다
꽃잎이 한들거립니다
그러한 잠시 후
이별을 아쉬워하는 꽃을 둔 채
나비는
먼 훗날을 기약하고 떠납니다
나풀나풀
나비는 벌써
보이지 않을 만큼 멀리 날아갑니다

한 잎 두 잎
꽃잎이 떨어집니다
그러나 나비는 보이지 않습니다
마지막 남은 꽃잎 하나마저
땅에 떨어져 날리어도
나비는 오지 않습니다

소낙비가 내립니다
낙엽이 지고
흰 눈이 옵니다
다시금 봄이 찾아와
산에 들엔 갖가지 꽃들이 피고
나비도 날아듭니다
그러나 노오란 그 꽃은
다시 돋아나지 않습니다
빨강과 검정으로 수놓인 나비도
여전히 보이지 않습니다
다만
하얀 나비들만이 그 자리를
하염없이
맴돌다 갈 뿐입니다

그대를 만나는 날

그대를 만나는 날은
안개 낀 이른 아침이라도 좋습니다
설레는 마음으로 새벽 일찍 일어나
콩닥콩닥 뛰는 가슴 그대로 간직한 채
온종일 그대와 함께할 수 있으니까요

그대를 만나는 날은
따가운 햇살이 비춰도 좋습니다
파도 소리 들리는 바닷길 걸으며
조잘조잘 이야기 한 보따리 풀어
시원한 바람을 대신할 수 있으니까요

그대를 만나는 날은
굵은 빗줄기가 내려도 좋습니다
작은 하늘색 우산 손잡이 같이 잡고
첨벙첨벙 물웅덩이 장난질도 하면서
사랑하는 마음을 어깨로 전할 수 있으니까요

그대를 만나는 날은
어떤 날이라도 좋습니다

두 볼에 살짝 피어나는 예쁜 미소와
살랑살랑 그대의 고운 향기에 취해
같이 있다는 것만으로도 행복하니까요

사월

초록 애벌레의
초록 몸에서 나온
초록 분비물에
초록으로 모두 물들어 버린
초록 잎사귀

당신은

당신은
봄입니다
당신은,
멀리 있어 더 신비로운
아지랑이가 피어오르는
삼월의 햇살입니다
변함없이 포근한 쉼터지요

당신은
여름입니다
당신은,
나무 그늘진 한적한 공원 산책로에
언제나 같은 모습으로 자리 지키는
청미래덩굴 앞의 나무 벤치입니다
항상 싱그러운 휴식처지요

당신은
가을입니다
당신은,
그저 보고만 있어도

살갗이 떨려 오는 하얀 억새꽃 춤의
드넓은 신불산 평원입니다
늘 넉넉한 안식처지요

당신은
겨울입니다
당신은,
추위에 시린 어깨를
훈훈한 온기로 녹여 주는
이부자리 펴진 온돌방입니다
언제까지나 따뜻한 보금자리지요

식은 밥

어렸을 적
식은 밥은
언제나,
뜨거운 게 싫다 하시던
우리 엄마 몫
아버지 상엔
언제나
허연 김이 무럭무럭

나이 든 지금도
식은 밥 한 덩이는
언제나
맨 나중에야 밥상 앞에 앉는
아이들 엄마 몫

아내가 콩나물국을 푸는 사이
찬 밥그릇과 김 밥그릇이
슬며시 자리를 바꾼다

날마다 1

날마다
이를 갈았다
문득문득 떠오르는
그리운 얼굴을 잊어 보자고
매일같이 이를 갈았다
이를 갈수록 더 생각이 나고
잊을 것을
쉬 잊지도 못하면서
이만 갈았다

날마다
먹을 갈았다
유서 나부랭이
몇 자를 쓴답시고
매일같이 먹을 갈았다
먹은 갈수록 묽어지고
묽은 먹에 글자 하나
쉬 쓰지도 못하면서
먹만 갈았다

날마다
칼을 갈았다
동맥이 잘리는
짜릿한 고통을 느끼기 위해
매일같이 칼을 갈았다
칼은 갈수록 무디어지고
무딘 칼에
쉬 죽지도 못하면서
칼만 갈았다

오카리나

영혼을 울리는 바람 소리
오카리나

목쉰 오리가
변조해 내는
청아한 음색
청초한 울림

낮은 라에서
높은 파까지
열세 음역에
장음계의 투명한 가락도
빗소리의 단음계 선율도

더러 느긋한 번데기로
오므렸다가
때로 날랜 나비 날개로
신비로이 우화하는
한 줌 흙

오카리나
영혼을 울리는 바람 소리

밤비

늦은 봄밤
창밖으로 내리는 비

본래 소리 없는 봄비지만
닿는 곳에 따라
모두 다른 소리

땅에 떨어지면
싹 트는 소리
나무에 부딪히면
잎 크는 소리
마음속에 내리면
옛이야기 소리

상처(傷處)

경주 남산 비파골, 탑상골, 열반골을 다녀와서

앞비파에서 올려다본 남산은
성한 곳이 한 군데도 없었다
4도 화상의 불 자국이 온전히 남아 있는
비파골은
무고한 사람의 발자국 소리에도
놀라 몸서리를 쳤다
까맣게 베어 넘어진
소나무 사이로 고개 드는 새 생명
가슴이 아리도록 깊게 파인 흉터 여기저기에서
새살이 돋고 있었지만,
맹렬하게 달려드는 화염의 위협에도 굴하지 않고
꿋꿋이 견디어 낸
삼형제바위와 도깨비바위만
광대뼈처럼 겨우 제 모습일 뿐
고왔던 비파골의 옛 얼굴은 더 이상
찾아볼 수가 없었다

금오산(金鰲山)을 돌아 내려선
탑상골엔
도괴되어 상륜부가 유실된 용장사지 삼층 석탑이
탐욕과 질투로 가득 찬

사바세계를 묵묵히 내려다보고 있었고,
석탑 아래 결가부좌를 틀고 앉은
삼륜대좌불(三輪臺坐佛)은
연이은 도굴꾼들의 정과 망치에 목을 잃고
망연자실한 채 서쪽을 향해
가사 자락이 펄럭이는 어깨를 떨고 있었다
대현 스님이 다시 살아 와
기도하며 석불을 돌아도
따라 돌릴 수 없는 고개를
어찌할 것인가!
어찌할 것인가!

봉화대 능선(烽火臺 稜線)을 타고 넘어선
고위산(高位山) 중턱의 천룡사는
깨어진 석탑과 기와 조각 주위로
희미한 형체만 남았을 뿐
허물어진 대웅전 자리는
야유회를 온 사람들의 족구장으로 변해 있었다
이곳이 정녕 천년을 누려 온
신라인의 신앙지요 안식처였던가?

단지 온전한 것이라고는
열반골로 내려와 용장에서 올려다본
겉모습뿐이었다
용장에서 본 한쪽 모습뿐이었다

사월의 잎

사월의 나무 잎사귀는
갓난아기의 여린 엉덩이
하도 보드라워
손대기조차 조심스럽다

울긋불긋 가을 단풍과는 달리
모든 나무들의 색은
오직 연초록빛 한 가지

단순한 아름다움은 모른 채
화려함에만 마음 두었다가
사월 나뭇잎을 보고
문득 깨닫는다

마음속 가득 그려진 낙서를
지워도
지워도
지워도
흔적까지 지울 수야 없겠지만
그래도 지우개를 들어야지

사랑

사랑을 할 때
다가오는 건 달콤함
태우는 건 애간장
남는 것은 임 얼굴

사랑에 빠질 때
다가오는 건 포근함
태우는 건 정열
남는 것은 그리움

사랑을 보낼 때
다가오는 건 고독
태우는 건 담배
남는 것은 상처

봄날의 이상을 향하여

하늘을 쳐다본다
맑다
할 일 없이 집 안을 빙 둘러본다
울타리에 파릇한 난초가 머리를 살짝 내밀고
햇살을 바라보고 있다
그 곁에 무엇이 움직인다
나비다
노란 물감을 들인 나비
가까이 다가가 손을 뻗었다
놀란 듯 달아난다
그냥 생각 없이 쫓아가다
무엇인가에 걸려 넘어질 뻔했다
그 틈에 나비와의 거리가 멀어졌다
숨이 차다
더 이상 쫓아갈 수 없어
땅에 주저앉았다

한참 만에 일어섰다
앞이 훤하다
들이다
나비를 쫓다가

들에까지 와 버린 것이다
곁에
꽃을 꺾어 들고서
마냥 즐거워하는 아이들이 보인다
그리 아름답지도 않은 꽃을

산에도
아이들이 무얼 하는지
분주히 뛰어다닌다
가 보자!
밭을 거슬러 올라간다
진한 흙냄새가 발을 멈추게 한다
봄 햇살을 마셔서인지
참 부드러워 보여 한 줌 쥐어 본다

산에 올랐다
겨우내 숨소리도 들리지 않던 산에도
봄이 왔다고 생기가 돈다
잠 깬 나무들은 여린 팔을 내밀고
조용히 봄볕을 한 입씩 베어 먹고,
아이들은 작은 입술에
보랏빛 꽃물을 한가득 묻힌 채
열심히 꽃을 따 입에 넣는다
나도 따라 입이 쓰도록 먹어 본다
별 맛도 느끼지 못하면서

온몸을 꽃으로 장식한 아이가
곁을 지나간다
또 따라 해 본다
즐겁다
확 트인 들로 눈을 돌렸다
들판의 저 먼 곳에서
아른아른한 아지랑이가 날 현혹한다
어지럽다
마치 마법에 걸리기라도 한 것처럼
어지럽다
가 보자!
그러나 너무 멀다
아니, 그리 먼 곳도 아니다

가파른 산비탈을 거침없이 뛴다
들판을 가로질러 달린다
꽃을 하나둘 떨구며
아지랑이를 향한 꽃인간이

등산과 스타크래프트
울주군 상북면의 밝얼산과 배내봉 그리고 오두산을 오르며

대덕사 뒷길을 타고
밝얼산에 오른다
따사로운 햇살과
연두색 나뭇잎들
문득 고요함을 깨고 들려오는
부스럭거리는 소리는
낫을 든 다크 템플러인가,
가시 지옥 러커인가?

어제 저녁,
아이들을 재워 놓고 맞붙은
후배와의 스타크래프트 배틀넷
한 달 동안의 피나는 연습이
국민 맵 로스트 템플에서
그 결실을 보는구나
하늘에 구멍이 뚫렸다
내 사기가 충천하여 생긴 일

첫째 판
나는 그 누구도 막지 못하는 막강 테란

후배는 자원만 잡아먹는 프로토스
질럿은, 홍의장군인 파이어뱃의 화염으로
초등학교 문구점의 국자 설탕보다 쉽게 녹이고,
드라군은, 탱크의 시즈 모드로
둘째 아이가 좋아하는 젤리로 만들어 주리
초반 러쉬에 대비한 입구 막기
그러나 쥐새끼처럼 기어들어 온
프로브 한 마리가
서플라이 디팟을 지을 본진 입구에
파일런을 올리고 달아났다
계산 착오
판단 미스
마음과 몸이 따로 논다
머릿속엔 엉킨 실타래만 가득하다
뚫린 입구를 통해 들어온
형체조차 알아볼 수 없는 다크 템플러와
터미네이터 같은 질럿 몇 마리에 초토화된 본진
U−238탄으로 쏘아도 쏘아도 죽지 않는 질럿은
강시인가, 좀비인가?
디텍터! 디텍터!
마음은, 몇 시간 동안이나 참은 오줌보인데
마나가 모두 닳아 버린 컴셋 스테이션
투명 망토 자락 휘날리는 적은
미사일 터렛을 만드는 SCV만 따라다니며 낫질을 한다
아, 조국은 무엇이며 인류는 무엇인가!

질럿의 양손 검에 세 번이나 찔린 배럭 하나와
다크 템플러의 낫질 네 번을 당한 팩토리 두 개
그리고 빨간색으로 변한 커멘더 센터만 겨우 건져
왼쪽 외딴 섬나라에 내려놓았다
미네랄 530에 가스 320
이만하면 확장 기지 건설에는 부족함 없는 에너지
아름다운 조국을 기계들에게 넘겨줄 수는 없는 법
조국은 무엇이며 인류는 무엇인가!
다시 시작해도 승산은 충분하겠기에
커멘더 센터를 선택한 후 S 키를 누르는 순간
다급히 들려오는 여자의 목소리
"Additional supply depot required!"
그리고 화면에 펼쳐지는 한 줄의 메시지
"Not enough supply depots······ build more supply depots"
나는 건물만 있고 유닛은 없는 허수아비 테란
나는 미네랄만 있고 SCV는 만들 수 없는 바보 테란

밝얼산 정상에 서니
세상 모든 것이 다 내 발아래
언덕 위에 시즈 모드를 펼친 탱크와
야마토포를 장착한 베틀크루저처럼
아무런 두려움이 없다

기본으로 하는 둘째 판
후배의 종족은 나와 같은 테란

입구는 막지 않고 서둘러 지은
배럭 하나와 팩토리 두 개
빠듯한 미네랄로 스타포트를 올리고
레이스를 한 대 뽑을 무렵
나의 본진 입구 오르막을 올라오는 적의 탱크와 마린
넉 대의 아군 탱크가 진격하는 순간
언덕 밑에 시즈 모드로 지키고 있던 적 탱크가
화염을 뿜었다
팔월 한가위에 뜬 보름달처럼
나의 본진 위로 떠오르는 적의 배럭
막강 화력의 탱크도
터보 엔진의 벌처도
스팀팩을 맞은 마린과 파이어뱃도
다들 어디로 가 버렸는지
지도에는 이미 흔적이 없다
본진에서 한 발짝도 나가지 못하고 허우적댈 때
적은 확장 기지의 대부분을 장악하고 있었다
골리앗까지 동원된 적의 대규모 공세에
첫 판과 같이 초토화된 나의 본진
남은 것은 팩토리 하나와 배럭 두 개
그리고 스타포트 하나
빨갛게 변한 커멘더 센터는 띄우자마자
지도에서 사라졌다
마지막 남은 반격의 기회
탱크와 레이스의 기습으로 기회를 잡으리

다행히 저 멀리 확장 기지에 지어 놓은
서플라이 디팟 두 개는 건재하다
건물 네 개를 모두 띄워 9시에 있는 언덕에 내려 놓고
팩토리를 선택한 후 T를 누르는 순간
다시 들려오는 다급한 목소리와 메시지 한 줄
"Not enough minerals!"
"Not enough minerals…… mine more minerals"
화면에 적힌 미네랄과 가스는 35와 12
나는야 서플라이 디팟은 있으나 미네랄이 없는 테란
SCV도 만들지 못하는 테란
커멘더 센터조차 없는 초라한 테란

배내봉 정상은 영남 알프스의 중간
동쪽은 문수산과 남암산
서쪽엔 재약산 수미봉과 사자봉
남쪽으로는 간월산과 신불산 그리고 영축산
북쪽 편에는 가지산과 고헌산
그 한가운데에 선 나는
Cloaking 상태의 당당한 고스트

못해도 삼세판은 해야지
이번 판 상대는 저그족
입구 막기는 필수
그러나 탱크를 채 뽑기도 전에 달려오는
사마귀 떼 같은 저글링 한 부대

그 뒤를 따라온 히드라리스크와 뮤탈리스크
미네랄을 쥐어 짜내어 마린으로 막아 보지만
허벅지보다 굵은 러커의 가시에 찔려
무더기로 내지르는 마린과 메딕의 비명
마나가 다 닳은 컴셋 스테이션은 빈 깡통
이번엔 건물을 채 띄우기도 전에 잔해만 남았다
남은 유닛을 추슬러 적 본진으로 드롭하였으나
탱크 두 대와 마린 한 부대 그리고 벌처는
낼름이의 혓바닥과 가시에 뭉개져
잠시 만에 깜깜한 화면으로 변했다

배내봉에서 오두산으로 향하는 나는
플레이그를 맞은 파이어뱃과
마나가 없는 사이언스 베슬의 신세
발걸음이 느리고 체력이 바닥나기 시작한다

미련이 남아서 마지막으로 한 판만 더
적은 처음과 같이 프로토스
나의 본진은 여섯 시
적은 열두 시
나는야 기운 넘치는 여덟 번째 SCV
질럿 러쉬에 대비하기 위해
본진 입구에 서플라이 디팟은 올렸으나
배럭은 짓지 못하네
정찰도 가지 못한다네

내가 만든 서플라이 디팟에 끼어서
나가지도 못하고 구석에서 맴돌기만 한다네
적 본진 정찰을 한 아홉 번째 SCV로
적 앞마당 모퉁이에 몰래 지은 배럭
들키지 않을까 가슴이 절구통이다
잽싸게 마린 하나를 뽑으며 입구에 벙커를 짓는 순간
질럿 한 마리가 양손에 든 칼을 휘두르며
SCV와 마린 그리고 미네랄 150을 투자한 배럭까지
모두 재로 만들기 시작했다
더 많은 피해가 있으면 안 되기에 본진을 지키고자
황급히 입구에 서플라이 디팟을 짓기 시작했으나
유령 같은 다크 템플러는 이미 커멘드 센터까지 들어와
낫으로 벼를 베듯 SCV를 하나씩 베었다
게임 초반 머릿속에 짜 놓은 전략은
다크 템플러가 들어오면서부터 모두 백지로 변했다
스팀팩을 맞고 적을 향해 달려들던 마린들은
천지를 뒤덮는 하이 템플러의 사이오닉 스톰에
모두 지짐을 당하여 외마디 비명을 질렀다
식사 후 디저트인가?
오른쪽 하단에서 날아오는
노랗게 잘 익은 참외 예닐곱 개
아비터 포장지로 싸서 몇 개인지 알 수가 없다
나의 본진은 참외 씨에 의해 잘근잘근 짓이겨졌다

나는
철갑 방어막으로 감싼
무적의 프로토스도
꽉 찬 돼지 저금통을 털었을 때
한꺼번에 쏟아져 나오는 물량의 저그도 아닌
싸우면 지는 어정쩡한 테란
네 판을 내리 지고
뜬눈으로 새운 밤
오두산 정상에서
하산 지점인 지곡 저수지로 내려가는 발걸음이
퀸의 인스네어를 맞은 마린이다

아름다운 울산

찬란한 해 간절곶에 먼저 비추면
푸른 도시 울산에 희망이 넘치네
태화강 십 리 대밭엔 웃음꽃 피어나고
문수산 오솔길에는 행복이 샘솟는
울산은 아름다운 사랑의 도시

해맑은 미소와 정열을 품은
우리들의 가슴 가슴마다
문화 향기 맑고 곱게 넘쳐흐르고
예술의 숨결 포근히 살아 숨쉬는
울산은 영원한 사랑의 도시
울산은 언제나 아름다워라

참꽃

거짓이 아닌
참꽃

처녀의 허벅지보다
더 보드라운 꽃잎 속에 숨은
정열의 붉은 암술은
열 명의 호위무사를 거느린 공주

거짓이 아닌
참꽃

임은 어디에도 없었다

꿈에서
임을 보았다
처음이지만 처음이 아닌 임을
꿈에서 보았으나
임은 어디에도 없었다

깨어서
임을 찾았다
보았지만 전혀 모르는 임을
깨어서 찾았지만
임은 어디에도 없었다

꿈속의 임은
어딘가에 있지만
꿈속의 나의 임을
부르고 또 불러도
임은 어디에도 없었다

임이여!
내 임이여!
목청을 돋우어도

긴 탄식으로 가득한 하루만 흐를 뿐
임은 어디에도 없었다

무의미한 삶
무미건조한 나날
그리고
구석구석 모여 있는 고독
임은 어디에도 없었다

보이지 않는 임
그대 내 임이여
그대 내 임이여
그러나
임은 어디에도 없었다

봄볕은 따스하고
봄기운은 훈훈한데
가슴은 아직도 얼음
마음은 여전히 겨울
임은 어디에도 없었다

임은
꿈속의 임은
꿈속의 내 임은
신기루인가?
임은 어디에도 없었다

진실

진실은 맘속에 있습니다
하지만 그것을 잡기는 힘듭니다
허실은 먼 곳에 있지만
그것을 잡기란 쉽습니다
그러나 난 허실을 잡지 않습니다
진실을 놓치고 싶지 않기 때문입니다

가까이 있지만 잡기 힘든 것은
그만큼 진실 되게 살기가
힘들다는 것이겠지요

진실은 맘속에 있지만
잡기가 힘듭니다
허실을 잡는 것은 쉬운 일이지만
난 그것을 잡지 않습니다
결코 진실을
놓치고 싶지 않기 때문입니다

툭하면

툭하면 나타나는 얼굴
어이하나요?
툭하면 들려오는 목소리
어찌하나요?
툭하면 떠오르는 미소
어떡하나요?

툭하면 보고 싶은 마음
어이할까요?
툭하면 쏟아지는 추억
어찌할까요?
툭하면 고이는 눈물
어떡할까요?

제2부

젊음의 여름

망부석(望夫石)

사모하는 마음 이기지 못하여
임 떠난 자리가 보이는
치술령에 올랐습니다
서러운 마음 참지 못하여
임 가신 바다를 바라보려
여기에 섰습니다
한가로운 저 바다에는
푸른 물결과 흰 구름이 잔잔한데
애타게 보고픈 내 가슴에는 이제
절망의 슬픈 비바람과
방향을 잃은 거친 파도만 몰아칩니다

떠나시는 임을 따라가다
끝내 잡지 못하고
망덕사(望德寺) 남쪽 모래 위에
허물어지듯 주저앉아
덫에 걸린 산짐승처럼
몸부림치며 울부짖었지만
임은 멀리 뱃머리에서 손만 흔들고는
돌아올 수 없는 마지막 바다로
끝내 떠나셨습니다

임을 못 볼 바엔 차라리
고통의 시간을 넘어
기다림의 돌이 되렵니다
가슴 가득 파고드는 애절함으로
임 떠난 곳을 영원히 바라보는
사랑과 그리움의 돌로 화하렵니다
아울러 뼛속까지 사무치는 내 통곡과,
증오의 시퍼런 눈초리로 여기에
영원히 서서
임 앗아 간 왜국(倭國)을 저주하는
분노의 돌로 남으렵니다

*치술령 망부석(望夫石) : 울산광역시 울주군 두동면의 치술령 정상에 있는 바위.
 일본에 볼모로 잡혀가 있던, 신라 눌지왕의 동생 미사흔을 구하러 갔다가 돌아오지
 못하고 죽은 박제상을 그리워하던 그의 아내가, 치술령에 올라가 동해를 바라보며
 남편을 기다리다 굳어서 바위가 되었다고 전한다.

껌

열기 후끈 올라오는 한여름 오후
온몸을 여러 번 타고 넘어간 바퀴에
종잇장보다도 더 납작하게 치여
아스팔트 길바닥에 달라붙은
씹던 껌 하나

너도 처음엔 곱디고운 은빛 옷에다
하얀 분까지 바른 반듯한 몸매에
무척 향기롭고 고운 자태였건만
향기와 달콤함을 다 내주고
보드라운 촉감마저 잃은 채
보잘것없는 알몸만 남아
이리도 처참히 내뱉어졌구나

얇은 화장지에라도 싸서
길가 휴지통에 버려졌다 한들
지금보다 나을 것이야 있겠냐마는
한여름 아스팔트 위
알몸으로 버려져 납작 달라붙은
바퀴 자국 선명한 씹던 껌 하나

바다

얼마나 울어 보았다고
이리도 짠 눈물을 내보이나?
너보다 더 진한 눈물도
이렇게 홀로 몰래 감추는데
네 눈물은
보이기라도 하지

얼마나 기다려 보았다고
이토록 몸부림치며 철썩이나?
너보다 더 애타는 그리움도
이렇게 홀로 눌러 삭이는데
네 몸부림은
소리라도 나지

얼마나 아파 보았다고
이처럼 시퍼렇게도 멍들었나?
너보다 더 쓰라린 상처도
이렇게 홀로 참고 견디는데
네 멍 자국은
흔적이라도 있지

비 온 후

말랐던 집 앞 도랑에
물이 흐르고

잎새에 남은 빗방울이
떨어져 내릴 때

앞산은 고운
무지개 대문을 단다

그가 사랑하는 사람은

그가 사랑하는 사람은
저기 앞에 있는데
그는 묵묵히
창밖만 바라보고 있었다
창밖에는
가로수 잎이 바람에 휘청거리고
그 가로수 밑을 지나는
행인들의 모습이 간간이 보였다
그가 커피숍 창가에 앉아
자신들을 보고 있는 일엔 관심 없이
저마다 어떤 이유로
저마다 어떤 목적으로
굳게 입을 다문 채 지나갈 뿐이었다

커피잔에선 진한 향기가 흘렀다
그의 두 번째 앞자리엔
앞머리가 벗겨진 중년의 남자가
피곤한 하품으로 시간을 보내었고
그 중년 남자의 왼쪽엔
텅 빈 의자 두 개만이
점잔을 빼며 앉아 있었다

그가 사랑하는 사람은
저기 앞에 있는데
저기 앞에 있는 사람은
그를 모른다
그가 그리워한 사람은
저기 앞에 있는데
저기 앞에 있는 사람은
그의 그리움을 알지 못한다

빈 커피잔엔
외로움이 대신 채워지고
외로움을 달래려는 담배 연기가
그의 앞에 희미하게 번졌다
그는 저기 앞에 있는 사람을
보고 있는데
저기 앞에 있는 사람은
한 번도 그를 바라보지 않았다

중년 남자의 피곤한 모습은 이제
커피숍 안에 보이지 않는다
점잔을 빼던 두 자리에도
누군가 들어와 앉았다
몇 사람이 나가고
몇 사람이 들어오는지
그 누구도 관심을 두지 않는다

그가 앉아 있던 자리에도
그의 모습은 없다
저기 앞에 있는 사람
그리고 그 앞에 서 있는
한 남자
그들이 무슨 이야기를 하는지
아무도 알려고 하지 않는다
아니, 그 누구도 관심이 없다
그의 처진 어깨가 너무나
무거워 보였지만
그의 앞에 있는 사람의 표정엔
아무런 변화도 보이지 않는다

창밖에는
가로수 잎이 여전히 바람에 휘청거리고
힘없이 계단을 내려서는
그의 초라한 뒷모습에서는
슬픔이 한 아름씩 흘러 내렸다
그가 사랑한 사람은 저기 있는데
그가 그리워한 사람은 저기 있는데

날마다 2

날마다
그리움을 마셨다
한 번 본 임 얼굴
곱게 떠올리며
매일같이
그리움을 마셨다
그리움을 마실수록
더 보고 싶어지고
보고 싶어도 천 리 길이라
어쩔 수 없어
그리움만 마셨다

날마다
고독에 잠기었다
마음은 있어도
갈 수 없는 안타까움에
매일같이
고독에 잠기었다
고독에 잠길수록
더 외로워지고

젖어 드는 외로움을
달래지도 못하면서
고독에만 잠기었다

날마다
보고 싶어 했다
고운 얼굴
그리운 목소리에
매일같이
보고 싶어 했다
보고 싶어 할수록
연락은 안 되고
안 되는 연락에
달려갈 수도 없으면서
보고 싶어만 했다

날마다
꿈을 꾸었다
임 얼굴
나타날까 하여
매일같이
꿈을 꾸었다
꿈은 꿀수록
개꿈이었고
실없는 개꿈에

임도 못 보면서
꿈만 꾸었다

날마다
서러움에 취하였다
그 먼 곳을 갔다가
그렇게 돌아선 후
매일같이
서러움에 취하였다
서러워할수록
더 생각이 나고
생각나는 임 얼굴을
쉬 떨쳐버리지도 못하면서
서러움에만 취하였다

날마다
한탄을 하였다
멀리 있어
가까이 할 수 없음에
매일같이
한탄을 하였다
한탄을 할수록
더 멀게만 느껴지고
먼 거리를
가깝게 할 수 없는 현실에
한탄만 하였다

담배

너는
애타주의자(愛他主義者)
말없이
몸을 태운다

너는
나의 애완구(愛玩具)
울적함을 달래 주는
귀여운 여인

관심

빈 터 여기저기에
뿌리고 심은
꽃씨

뿌린 데는
듬성듬성 들쭉날쭉
심은 곳은
오밀조밀 소복소복

살면서 곳곳에
흘리고 쏟은
관심

흘린 데는
서먹서먹 쭈뼛쭈뼛
쏟은 곳은
방긋방긋 활짝활짝

나는

나는
차기보다는
차이는 쪽에 선다
내가 무능력해서가 아니라
남의 마음을 아프게 하지 않아서 좋고
남의 가슴에 상처를 주지 않아서 좋기 때문이다

나는
받기보다는
주는 쪽에 선다
내가 못나서가 아니라
주는 나는 주어서 더욱 좋고
받는 그는 받아서 한없이 좋기 때문이다

나는
때리기보다는
맞는 쪽에 선다
내가 힘이 없어서가 아니라
때리는 남의 기분이 좋을 것이기에 좋고
보상 치료비 걱정하지 않아서 좋기 때문이다

나는
욕하기보다는
욕 듣는 쪽에 선다
내가 우둔해서가 아니라
입을 험하게 만들지 않아서 좋고
남의 귀를 간질이지 않아서 좋기 때문이다

대나무

바람결에 으스스스
한을 토한다
늘어뜨린 네 팔에
바람 불면
흔들리는 잎사귀도
한이로다

바람결에 으스스스
슬피 운다
바람 불어 흔들리는
잎사귀마다
거무스름한 마디마다
눈물이로다

마술(魔術)

맛술의 달콤함에다
미술(美術)의 멋을 버무리고
마술(馬術)의 짜릿함을 섞은
마법(魔法)의 신비

한글 서예

꽃잎이 실룩샐룩
나보다 더 예쁘면 어떡하니?

단풍잎이 뾰로통
어쩜 그렇게 아름다울 수 있어?

고체가 빙그레
닳고 해진 먹과 붓을 봐!

흘림체가 싱긋싱긋
꽃과 단풍도 생긋생긋

그대

늘 늘
그대의 귀여운 목소리가
쟁쟁하게 들려옵니다

하루 하루
그대의 어여쁜 얼굴이
또렷하게 떠오릅니다

날마다 날마다
그대의 아늑한 숨결이
포근하게 다가옵니다

매일매일 매일매일
그대의 온화한 손길이
따스하게 느껴집니다

온종일 내내 온종일 내내
그대의 향긋한 체취가
황홀하게 스며듭니다

순간순간마다 순간순간마다
그대의 해맑은 미소가
짜릿하게 파고듭니다

Night

유리 벽 속의 여인은
무슨 이유로
반나체 춤을 추어야 하며,
우리는 또
무슨 이유로
그녀를 쳐다보며
술을 마셔야만 합니까?

잡초와 화초

잡초는
뜯어내고 베어 내어도
한 번 비에
파릇 쑥쑥 파릇 쑥쑥

화초는
물 뿌리고 거름 주어도
한 번 가뭄에
누릇 시들 누릇 시들

해산하는 성산포

성산포 앞
바다가 해산을 한다

마치 산파인 양
내 눈동자는
바다를 달래고
바다는 밤새 잉태한
해를 낳는다

불쑥!
둥근 얼굴이 머리를 내밀고
바다는 해산의 고통으로
피에 젖는다

아!
어느새
바다는 탯줄을 끊고
순산의 기쁨에
나는 벌떡 일어났다

뻐꾸기

뻐꾹!
뻐꾹!
가까이인 듯 멀리인 듯
들리는 소리에
놀라 깬 새벽

뻐꾸기는 이제
벽시계뿐 아니라
휴대전화 칩 속에도
보금자리를 튼다

뻐꾸기는 그래서
깜깜한 한밤중에도 울고
바지 주머니 속에서도 운다

오카리나 소리

초벌구이지만
푸른빛으로 은은하게 새어 나와
파릇하게 퍼지는
고려청자 음색이여!

유약을 바르진 않았지만
순백색으로 매끄럽게 빠져나와
말갛게 피는
이조 백자 음률이여!

천둥과 번개

순식간에 몰려온 먹구름
번쩍!
우르르릉 콰쾅!

"영감 할마이 싸운다"
어릴 적 들었던 기억

후두둑 쏴아!
거침없이 떨구는 눈물

요즘은 남자가 힘 못 쓰는
여성 상위 시대이니
할아버지가 흘리나 보다

아니,
이렇게 많이 쏟아지니
한 많은 할머니의
서러운 눈물이겠지

파도야

파도야
끝없이 갯바위에 부딪는
파도야
갯바위의 외면[1]*에 부서지는
파도야
나도 너처럼
매일 부서진다

파도야
한없이 갯바위로 달려드는
파도야
갯바위의 외면[2]*에 허물어지는
파도야
너처럼 나도
날마다 허물어진다

＊외면[1](外面) : 겉면
＊외면[2](外面) : 마주치기를 꺼리어 피하거나 얼굴을 돌리다

76

제3부

사랑의 가을

가을

가을에 헤어진 사람의 눈동자는
가냘프게 떨리는,
밀잠자리의 앙상한 그물망 날개보다
더 투명하다
임의 뒷모습을 보고 또 보다
더 못 보아 투명하다

가을에 홀로된 사람의 얼굴은
짝 잃은 반달 아래 검게 허물어진,
돌담의 긴 그림자보다
더 슬프다
아물 수 없는 상처로 이젠 그 누구도
더 못 만나 슬프다

가을에 잊힌 사람의 가슴은
서럽도록 보고 싶은
떠난 임의 뜨거운 입술보다
더 빨갛다
아플 대로 아파하다
더 못 아파 빨갛다

소

출근길
덕하 검문소 사거리

빨갛게 변한 신호등에서
내 앞에 멈춰 선
칠 벗겨진 2.5톤 트럭
그 좁은 짐칸에
고삐 짧게 묶인 채
엉거주춤 서 있는 두 마리 암소

순한 얼굴에
커서 더욱 슬픈 눈망울 껌뻑이며
근심 가득한 낯빛으로
입에 문 허연 거품

종착역임을 알았을까?
모퉁이 돌아서면 도살장

해바라기 사랑

온종일 해님만 바라보아도
해님 사랑 받을 수 없고
온밤 해님 생각으로 지새워도
해님 마음 근처에도 다가서지 못하니
온몸 못내 서러워 봄부림쳐 뒤틀며
해님 그리는 해바라기 마음

해님 관심조차 받지 못하기에
해님 가까이 영원히 다가갈 수 없어
해님 가린 빗물에 힘없이 고개 떨군
해님 향한 해바라기의 저 홀로 사랑

고독한 밤

어느새
검붉은 해는
서녘 산속으로 기울고
밖은
어둠이 서서히 짓누르기 시작합니다
하나둘
별들이 반짝입니다
그 별들이 전부
그리움으로 바뀝니다

눈을 감아도
떠오르는 당신의 모습은
어찌할 수 없습니다
나지막이 당신을 불러 봅니다
당신이 던진 아름다운 미소는
내 고요한 마음을
거친 풍랑에 이리저리 밀리는
작은 목선과도 같이
뒤흔들어 놓았습니다
그런 후

당신은 소쩍새가 돼 버렸습니다

적막한 이 밤을
또 혼자서 새워야만 합니다
그리움에 못 이겨 밖을 나섰지만
앙상한 나뭇가지에 듬성듬성 매달린
쓸쓸한 별들에다
귀뚜라미 소리만 여기저기
구슬프게 들려옵니다

저 멀리
외롭게 홀로 반짝이는 작은 별에
시선을 멈추었습니다
그 별이 갑자기
당신의 얼굴이 됩니다
그러고는 보드랍고 하얀 두 손을
내게 내밉니다
나는 미칠 듯 달려가
그 두 손을 부여잡고
차디찬 내 가슴에 갖다 댑니다
그러나
따뜻해야만 할 당신의 손이
차갑게 느껴짐에
문득 정신이 듭니다
당신의 손 대신

하얗게 말라 버린
나뭇잎 하나만이
내 손에 놓여 있을 뿐입니다

순간
눈앞이 흐려지며
뜨거운 것이
두 볼을 타고 흐름을 느낍니다
마치 석상처럼
그것이 모두 말라 없어질 때까지
그냥 그 자리에 서 있습니다

이젠 별들도 차츰 희미해지고
귀뚜라미 소리도
간헐적으로 들려옵니다
가만히 두 눈을 감습니다
그리고 그 모든 것을
거친 바람결에 흩어져 없어지는 연기처럼
아무 미련 없이
지워 버리고도 싶지만
한없이 떠오르는 당신의 모습을
나는 또
어찌할 수가 없습니다

은하수 너머

하얀 새여!
저 먼 은하수 너머
인간이 찾지 못하는 그곳에 가자

하얀 새여!
이곳은 우리가 살지 못할 곳

하얀 새여!
저 먼 은하수 너머
영원히 아름다운 그곳에 가자

가을엔

가을엔
짝사랑하는 사람에게 쓰다가
구겨서 휴지통에 버린 편지일지라도
시로 살아난다

가을엔
애써 나뭇가지를 잡으려 하지 않는
창백한 나뭇잎의 마지막 인사말조차도
시로 태어난다

가을엔
오래전에 묻혀 있던 숲 속
나무 밑의 희미한 낙엽까지도
시로 환생한다

낙엽

한 손으로 매달린 단풍잎은
떨어지지 않으려고
얼마나 용을 쓰기에
저토록 빠알간 표정일까?

가지를 쥔 은행잎은
떨어지는 게
얼마나 무섭기에
저리도 노오란 얼굴일까?

팔랑
잎 하나가 떨어진다

땅에 누운 하얀 잎은
오히려 편안한 모습이다

그 어딘가에 있을 내 사랑은

세상에
견딜 수 없는 것이 있다면
그것은 고독이다
저녁마다 고독은
그렇게 또 그렇게
담배 연기 자욱한
내 좁은 방 가득히 밀려들었다

외로움으로 살아 보지 못한 사람은
외로움의 슬픈 곡조를
듣지 못한다
서럽게 울지 않은 사람은
서러운 눈물의 붉은 빛깔을
보지 못한다
이별을 모르는 사랑의 사람은
잃어버린 사랑의 차가운 가슴을
느끼지 못한다

곁에 있는 고독이 보기 싫어
마당으로 뛰쳐나왔다

고독도 나를 따라
마당으로 달려 나왔다
달은 금빛이었다
금빛 달 속의 금빛 토끼는
금빛 계수나무 아래서
금빛 고독을 찧었고
앞집 유리창에 박힌 유리 토끼는
유리 계수나무 옆으로
투명색 고독을 퍼내었다
하늘은 별을 친구로
고독을 달래고
어두운 산은 서로 어깨를 부비어
고독을 멀리하는데
마당에 선 사람은
무엇으로 위로를 받으려는지

사랑했던 사람
그 사람이 보이지 않았을 때
깨달았다
혼자만의 사랑이었음을
그리고 또 사랑한 사람
그 사람이 멀어진 후에서야
알 수 있었다
떼어놓을 수 없는 인연으로
착각했음을

지금 곁엔 아무도 없다
그러나 또 누군가를
그리워하겠지
또 그렇게 사랑하겠지
그 어딘가에 있는
내 사랑이 다가와
옷이 되어 포근할 때
고독은 멀리
금빛 달 금빛 토끼의
절구질에 사라지겠지

얼굴

잊을 수 있을까요?
시리도록 맑은 아침 이슬방울처럼
어여쁘게 빛나던
그 눈동자를

버릴 수 있을까요?
화선지에 흘린 먹물처럼
잔잔하게 스며드는
그 미소를

떨칠 수 있을까요?
새벽 창밖으로 보이는
저 별빛같이 반짝이던
그 목소리를

지울 수 있을까요?
너무 가벼워 실바람에도 날릴 것 같던
솜털처럼 하얀
그 얼굴을

아버지

나는 밖에서는 멋진 사람입니다
무슨 일이든 거뜬히 해치울 수 있기에
비록 뛰어나지는 않아도 능력을 알아줍니다

나는 밖에서는 인기남입니다
전문가 수준은 아니지만 여러 가지 재능에 감탄하고
이것저것 노력하는 모습에 박수를 보내 줍니다

나는 밖에서는 빛나는 사람입니다
어느 곳에서 무엇을 해도 한 줄기 빛이 되고
굳이 나서지 않아도 존재감이 드러납니다

나는 집에서는 쓸모없는 사람입니다
가족에겐 튀어나온 못에 지나지 않고
불필요하게 시끄러운 소음만 냅니다

나는 집에서는 하찮은 사람입니다
큰소리에다 윽박지르기만 할 뿐이며
아무런 도움도 못 되는 말만 강요합니다

나는 집에서는 몹쓸 사람입니다
가족에겐 대화조차 없는 무관심주의에다
강압적이라 집안 공기만 흐립니다

나는 소중하기도 하지만
아무 가치도 없는 사람입니다
나는 어디든 있어야 하지만
슬쩍 끼어들 자리조차 없는 사람입니다
나는 필요한 존재이기도 하지만
없는 듯 늘 외로운 사람입니다

임

떠나고 까맣게
잊힌 줄 알았는데

돌아서고 말갛게
사라진 줄 알았는데

보내고 하얗게
지워진 줄 알았는데

문득 투명하게
떠오르는 임 얼굴

용장사곡 석불 좌상

삼 단의 둥근 좌대
연꽃 위에 가부좌

바람결에 흔들리는
가사 끈은 확연한데

대현 스님 따라 돌던
염화미소 불두(佛頭) 없네

실려 오는 빗줄기에
소슬바람 쓸쓸하여

가다 또 돌아보고
가다 또 돌아보고

보다 또 돌아서고
보다 또 돌아서고

*용장사곡 석불 좌상(삼륜 대좌불) : 경주 남산 용장사 터에 있는 미륵 장륙상(彌勒 丈
六像)으로 추정되는 석불 좌상. 삼륜 대좌 위에 모셔진 특이한 구조로 되어 있으며
머리 부분은 없어졌다. 신라 때 유가종(瑜伽宗)의 대덕(大德)이신 대현스님이 기도
하면서 석불 좌상을 돌면 석불도 따라 머리를 돌렸다고 전한다.

새

새의 삶은
새 자신으로부터
새가 되어야 한다

늠비봉 5층 석탑

신라 시대에
양복 입고 나타난
단정한 신사

천 년이 넘도록
투명한 새벽이슬로
온몸 씻고
헤아릴 수 없는 세월 동안
부흥사 불경 소리 마시더니
신사가 해탈하여
부처 되었네

*늠비봉 5층 석탑 : 경주 남산 부엉골의 능선에 있는 석탑

임은

잡아도 잡아도 모자랄 판에
임은 가려고 가려고만 하네

보아도 보아도 아쉬울 판에
임은 멀어져 멀어져만 가네

들어도 들어도 못다할 판에
임은 막으려 막으려만 하네

열어도 열어도 서운할 판에
임은 닫으려 닫으려만 하네

당겨도 당겨도 섭섭할 판에
임은 사라져 사라져만 가네

안아도 안아도 부족할 판에
임은 돌아서 돌아서만 가네

나뭇잎 한 장

발걸음에 차이는 한 잎 나뭇잎엔
얼마나 많은 기억들이 숨어 있을까?
엄마 품처럼 포근했던 봄 햇살의 기억,
한낮의 무더운 열기에 탄 맨살을
말끔히 씻어 주던 소낙비,
이윽고 몸과 마음까지 발그레하게 익는
가을의 추억들까지
그러나 이미 떨어져 버린 나뭇잎엔
지난겨울의 기억은 없다
봄부터 가을까지의 기억만을 저장한 채
차가운 겨울 속으로 조금씩 조금씩
발걸음에 밟히는 나뭇잎 한 장은
싸늘한 땅바닥 속으로 그렇게 잊힌다

석조 약사여래 좌상

금오산 용장골에서도 외딴
동쪽 작은 골짜기
물소리도 없는 한적한 터에
작은 등신불 약사여래가
외로움도 잊고
천년 세월을 홀로 앉아 있네

어느 난리 통에 없어진 목인지
어느 도굴꾼이 훔쳐간 머린지
뽑힌 목에서는
아직도 피가 솟구치는 듯한데
오히려 모든 중생을 용서한 듯
왼손엔 둥근 약그릇 받쳐 들고
오른손은 항마촉지인으로
염화미소 전하신다

조용히 엎드려 삼배 올린 등산객
차마 못 떠나고
여래 곁을 서성이네

생각

그대와 거닐었던
강가에 외로이
나 홀로 거닐었네
불빛 따라서

출렁이는 물결 따라
건너오는 그리움
그대는 그 어느 곳
그 어디에서
지금도 내 생각을
하고는 있는가요?

처음 만나 걸었던
이 강변길이
자석보다 강하게
붙잡습니다
무쇠보다 무겁게
짓누릅니다

먹

낱개의 그을음
수천억 개가
아교와 뭉쳐져
네모진 하나의 먹이 된다

소나무 태워 푸른빛 도는 송연묵
씨앗 기름 태워 반짝이는 유연묵
싸구려 카본블랙 양연묵

빛과 색은 달라도
자신의 몸을 갈아
천하의 난정서로 휘감기고
비범한 추사체로 태어나니
몸은 비록 짧아져도
오히려 홀가분한 마음

울산의 노래

가지산에 곱게 핀 무지개꽃과
파래소폭포 품은 신불 억새는
맑고 깊고 청량한 그대의 미소

대왕암 송림의 푸른 젊음과
빨간 정열의 간절곶 일출은
반구대 곡선 닮은 그대의 마음

밤 무룡산이 줍는 공단 불빛과
울산체육공원에 잠긴 달빛은
주전 바닷가 몽돌 같은 그대 눈동자

작괘천 바위 장판 내원암까지
태화강 십 리 대밭 선바위까지
기다려 보고픈 맘 망부석까지

제4부

이별의 겨울

하얀 이별

그대는
봄에
노오란 개나리꽃이 되어
그대는 봄에
노오란 만남을 주었다

그대는
여름에
파아란 젊음을 노래하며
그대는 여름에
파아란 가슴을 얘기했다

그대는
가을에
빠알간 단풍잎에 입 맞추며
그대는 가을에
빠알간 사랑을 속삭였다

그대는
겨울에
하아얀 눈꽃을 맞으며
그대는 겨울에
하아얀 이별을 남겼다

걸림돌

뽀얀 길 한가운데
언제부터인가 자리한
못생긴 돌덩이 하나
옥석인 줄 알았는데
쓸모없는 걸림돌이었네

있어야 할 자리가 아님에도
고집스럽게 움직이지 않는
저 미련한 바보 돌덩이

비바람 무섭게 쏟아지던
초여름 밤을 보낸 후에야 뒤늦게
스스로 비켜나야 할
거추장스러움인 줄 알았네

먹구름 시커멓게 달려드는 칠월 어느 오후
강풍과 소나기가 세차게 불어닥치려 할 때
제자리로 굴러가는 초라한 돌덩이 하나

부담스러운 걸림돌이 없어
허전한 뽀얀 길

겨울 색

겨울은 무슨 색?
겨울은
뽀드득뽀드득 눈이 와서
방실방실 엄마 따라 웃는
아기 웃음 색깔의
하얀색

겨울은 무슨 색?
겨울은
씽씽 찬바람이 불어도
쌩쌩 썰매 타는
아이들 코끝 색깔의
빨간색

겨울은 무슨 색?
겨울은
활활 보릿짚 태우고 난
따끈따끈 소죽솥 아궁이에서
갓 꺼낸 군고구마 색깔의
까만색

겨울은 무슨 색?
겨울은
둥글둥글 초가집 처마에
주렁주렁 각기 다른 키로
줄지어 열린 고드름 색깔의
말간색

파리와 나비

변을 꽃으로 보아
나비에서 구더기로 화하여
혼측에서 허덕이던 한때

코를 스치며 불어오는 것이
악취인지 향기인지
마음 흔들려 이끌리는 곳이
사지인지 살 곳인지
몽롱히 넋 나간 상태로 덜컥
모르는 곳에 들어서고 말았네

거기는 역겨운 내 풍기는 뒷간
몸은 구더기로 돌연변이 되어
한없이 깊고 어두운 곳에서
화려한 나비 날갯짓이 아닌
원초적이고 징그러운 몸짓으로
변을 빨아먹으려 꿈틀꿈틀

변이 변 냄새로 진동할 때서야
비로소 느낌으로 알았었네

눈 코 없는 구더기 되어 있음을
파리로 우화하지 않고서는
구덩이 밖으로 나갈 수 없기에
뒤늦게야 겨우 후회의 번데기로
본능에 꿈틀대던 몸을 바꾸었네

이제 번데기를 깨고, 날개를 단
파리로 뒷간을 훌쩍 날아오른 후
다시 예전의 나비로 돌연변이하여
향기로운 한 송이 꽃만 찾으리
변을 파던 어두운 뒷간의 구더기가 아닌
달콤한 꿀이 솟는 꽃을 향한 나비 되리

태화강 십 리 대밭

태화강 십 리 대밭을 걸으면
대나무처럼 자연히
마음이 비워진다

온갖 욕심으로 속을 채워
몸도
정신도
모두 구부러진 우리들에게
비워야,
채우지 않고
모두 들어내야
곧고 높이 설 수 있음을
대나무는 보여 준다

태화강 십 리 대밭을 걸을 때마다
흔들어 놓은 탄산음료 페트병의 마음이
곧게 키가 큰 왕대의 빈 속을 닮아
절로 홀가분히 비워진다

여인

육 개월!
누가 생각하더라도
짧은 기간은 아니다
가슴속에 꼭꼭 숨겨 둔 말을
나는 할 수가 없었다
난 참 바보인가 보다

Push Button을 눌러서
음악이 흘러나오면
약속 장소로 꼭 나오시고
음악이 나오지 않는다면
인연이 닿지 않아 그런 것이니
안 나오셔도 좋습니다
단지 영점 일 퍼센트의 가능성으로
그렇게 카드를 보내었다

첫 만남!
누가 듣더라도
가슴 설레는 말이다
십이월 이십구일 저녁 일곱 시 십오 분

"전 아가씨의 얼굴만 알았지 이름은 모릅니다"
"영애예요, 성은 권이구"
등잔불처럼 희미한
커피숍의 조명이 포근했다
"제가 어려 보이죠?"
"스물하나쯤?"
"스물이에요"
"전 그보다 다섯 살 많습니다"
"저의 어디가 마음에 들었나요?"
"그대의 전부였소"
모락모락 가늘게 김이 피는 코코아
"지난 육 개월을 그대 생각만 하며 보내었소"
"괴로우셨겠군요?"
"무척이나……"

호롱불 밝기의 아늑한 레스토랑
우리는
무슨 말인가를 주고받은 후
주스를 마지막으로 일어섰다

겨울의 강변은 차갑지만
그렇지가 않았다
"전 걷는 걸 무척 좋아해요"
"또한 그렇습니다"
"테니스 칠 줄 아세요?"

"공과는 거리가 멉니다"
건너 가로등 불빛이
강물을 질러 건너왔다

밤 열 시 사십오 분
다방에서 나눈 커피의 카페인이
온몸에 스며들 무렵
우리는 길거리에 마주 섰다
"배웅해 드릴까요?"
"아녜요, 오늘 즐거웠어요
그리고…… 편지는 하지 마세요"
그 말의 뜻을
이틀 후에서야 알았다
마음에 홀로 쌓아 오던
육 개월의 은빛 탑이
와르르 무너져 버렸다

만날 수 없다는 것!
누가 떠올리더라도
아픈 말이다

그림자

달빛에 늘어선
악마인가?
길게 누운
검은 망령인가?
잡히지도 않는
유령인가?

나타났다 사라지는
도깨비인가?
마음이 일으키는
허깨비인가?
서럽도록 그리운
그대인가?

밤

진하게 갈아 놓은
먹물보다 짙은 빛깔의
적막한 밤은
보이는 것도
소리도 없는
까마득한 함정
그 속의 나는
쓴 수액을 찾다가
박쥐 동굴 앞을 허우적대는
어리석은 한 마리 독나방

케나(Quena)

투우~ 쿠우~
인디언의 말발굽 소리인가?
케나에는
화살만으로 감당할 수 없었던
총소리에 무너진 신음 소리가 섞여 있다

투우~ 투우~
꾹꾹 억눌렸던 분노인가?
케나에는
퇴적암처럼 겹겹이 쌓인
돌처럼 딱딱히 굳은 절규가 스며 있다

투우~ 푸우~
고통의 역사를 담은 슬픈 흐느낌인가?
케나에는
응어리진 아픔을 약탕기에 넣고
오래도록 달인 눈물의 엑기스가 녹아 있다

투우~ 후우~
억압에 지친 처절한 외침인가?

케나에는
보호구역으로 쫓겨나던 인디언의 격한 울부짖음
삭막한 모랫바닥에 동료를 묻던 설움이 고여 있다

투우~ ~~
무언의 항변인가?
케나는
쉽게 소리를 내 주지 않는다
분노와 고통과 눈물에다 설움을 한껏 버무려야만
비로소 구슬프고 신비스러운 소리를 터뜨린다

투우~ ㅠㅠ~

마지막 눈

아침부터 눈이 내렸다
하루 만에 모든 걸 다 지우려는 듯
세상을 점점 하얗게 덮고 있다
저녁이 되도록
밤이 되도록
새벽이 되도록
흰 눈은 밤 깊은 줄도 모르고 저 혼자 내리는데
새벽에도 못 내리는 내 검은 눈

한적한 오솔길도 잊혀지고,
앙상한 가로수도 잊혀지고,
회색 지붕도 잊혀지고,
사랑하는 사람마저 잊혀지도록
첫눈이자 마지막 눈은
세상을 하얗게 하얗게 덮고 있다

비련

파도가 쉴 새 없이 다가와
하얀 거품을 연거푸 물고
사랑한다고 몸부림치며
으스러지도록 껴안아도
바위는 그저 묵묵부답

몸서리쳐 위태로운 사랑에
깊이 시들어 녹아내리는
화풍병(花風病)

독작(獨酌)

14도의 약주 한 잔이
식도로 미끄럼을 탄다
안주를 내놓는
주모의 말이 퉁명스럽다
산사춘에
가오리무침

여러 사람이 술을
마셔야 할 이유는 없다

혼자,
혼자라는 글자의 의미가
혼자 있는 나보다
더 외롭다

소주

한 잔 소주에
고독을 담아 마시지만
고독은 잔 속에 그대로 남아
허탈이란 친구를 불러옵니다

또 한 잔의 소주에
두 놈을 섞어 들이키지만
이번에도 둘은 고스란히 잔에 남아
충격이란 친구까지 더 데려옵니다

소주잔을 비울수록
잔은 줄어들지 않고
오히려 고독의 절친들만
하나씩 더 늘어납니다

마지막 잔 속에는
고독과 허탈과 충격에다
절망과 두려움까지 가세하여
고독의 친구들로만 우글거립니다

종착역

예서 더 갈 곳이 어디랴?
앞은 깊이조차 알 수 없는
천 길 낭떠러지
뒤돌아서면
활활 타오르는 불길
한 발 앞도
한 치 뒤도
그 어디라도 모두가 종착역인 것을

내리는 듯 마는 듯한 가랑비 속을
쉬엄쉬엄 걸으면 결국
속옷까지 흠뻑 젖어 옴을 우리들은
모두 뻔히 알면서도
빗속으로 덜컥 들어선다네

한 발만 더,
한 걸음만 더 앞으로!
그리하여
미움도 눈물도 없는,
원망이나 설움도 없는

저 나락으로
깊이 깊이,
기대설 곳조차도 없는
까마득하게 어두운
종착역으로!

발

발새에 낀 때만도 못하고
발밑으로 밟아도 시원찮을 놈이라
발끈한 마음 이기지 못하여
발개지도록 흥분한 상태에서
발목쟁이를 비틀고 꺾어서 더 이상
발붙이지 못하도록 응징하려 하였네

발라당 뒤로 넘어져서도
발악하고 고래고래 악을 쓰며
발버둥치고 있었지만
발바닥으로 두어 번 더 밟고
발차기 몇 번 더 날렸는데
발가락뼈가 덜컥 탈이 날 줄이야

발칙한 놈 혼내 준 건 좋았으나
발의 소중함을 잊고 있었네
발길질이 판단보다 먼저 나간 탓이리
발소리조차 나지 않도록
발꿈치로 조심스레 살살 디뎌도
발 골절은 쉬 호전될 기미가 보이질 않는구나

발자취를 듣고, 해가 기운 마당에서 놀던
발바리 두 놈이 퇴근하는 주인에게 달려들어
발름거리는 코를 깁스에 대고 마구 부비지만
발톱 하나가 빠져 시커먼데다가
발등까지 퉁퉁 부어오른 상태라
발장단 맞추려 해도 쪼그려 앉지를 못한다네

발코니 열어 둥근 만월을 벗 삼아
발효 잘 된 동동주 한 단지 껴안고
발깍발깍 연거푸 마시고 또 마셔서
발그레하도록 취해 시름 잊고자 해도
발부리 덜 아문 자리가 자꾸만
발목을 붙잡고 놓아주지 않는구려

발뒤축을 들고 목발에 의지하여 차에 올라
발동을 걸어 새벽 출근길로 나서지만
발끝과 클러치와 브레이크가 따로 노려 하니
발급 순번을 받아 회사로 향하는
발걸음이 오늘도 여전히 가볍지가 않도다
발고여락(拔苦與樂)할 날 그 언제 오려나

동짓날 치술령

곤히 코 고는 개구리
눈뜰까 봐
치술령 망부석 오르는
발걸음을 사뿐히

무리 지어 단꿈 꾸는 무당벌레
놀랄까 봐
넓은 바위 쉼터에
배낭도 살며시

얼음장 지붕 삼아 웅크린 가재
잠 깰까 봐
날 짧아 해 저문 데도
개울가에 가만히

*치술령 : 울산광역시 울주군 두동면 만화리에 있는, 망부석의 전설을 간직한 산

눈

밤새 눈이 왔다
새벽 일찍 일어나 마루에 섰다
소복이 쌓인 백등색 눈
아무도 밟지 않아 눈이 부시다
차마 마당에 내려서지 못해
그냥 쌓인 눈만 바라본다

눈물

가랑비에
청계천 물이 붇는다

늦은 밤
광통교 근처 벤치에
고개 숙여 우는 여인

첫사랑은 늘
기쁜 떨림으로 왔다가
아픈 생채기로 떠나간다

여인의 눈물에
청계천 물이 붇는다

겨울밤

따끔!
겨울에는 얼어붙는 일은 있어도
풀리는 일은 하나도 없다
칼날에 베인 것처럼
손등이 따끔거린다

껌뻑!
수명이 다 된 형광등을 먹은,
죽음을 앞둔 거리의 간판
몸도 마음도 껌뻑거린다
겨울은,
사람들이 뒤로 길게 줄지어 기다리는
공중변소의 소변기 앞에 선 사람
언제나 마음이 조급하다

쨍!
얼음장이 깨지듯
마음에 금이 간다
잊혔다고는 하지만
가슴 한 귀퉁이에 언제까지나

남아 있는 여인의 얼굴
떨쳐 버릴 수 없는 무서운
겨울밤

오카리나 이야기

저는
오리를 닮았으나
헤엄치는 오리가 아니랍니다
오리는
메아리 없는 하얀 소리를 내지르지만
오카리나는
가슴속까지 깊숙히 메아리치는
맑고도 슬픈 황토색 울림을 들려준답니다
그러나
둘 다 오씨 성이라는 것은 같답니다

저는
도자기처럼 생겼지만
품위 있는 도자기와는 다르답니다
도자기는
전시된 정적 상태에서 최고의 미를 뽐내지만
오카리나는
손과 호흡이 조화된 동적 상태에서
한껏 제멋을 부린답니다
하지만
둘 다 활활 타는 불가마에서 나온 건 같답니다

저는
장신구 같아 보이지만
멋진 장신구와는 별개랍니다
장신구는
화려한 빛깔로 눈을 즐겁게 하지만
오카리나는
귀와 마음을 고리로 연결하여
아름다운 생각으로 가득 차게 한답니다
그렇지만
둘 다 목에 걸 수 있는 것은 같답니다

하얀 이별

김효철 지음

발 행 처 · 도서출판 청어
발 행 인 · 이영철
영　　업 · 이동호
홍　　보 · 이용희
기　　획 · 천성래
편　　집 · 방세화
디 자 인 · 이해니 | 이수빈
제작부장 · 공병한
인　　쇄 · 두리터

등　　록 · 1999년 5월 3일
(제321-3210000251001999000063호.)

1판 1쇄 인쇄 · 2019년 5월　1일
1판 1쇄 발행 · 2019년 5월 10일

주소 · 서울특별시 서초구 남부순환로 364길 8-15 동일빌딩 2층
대표전화 · 02-586-0477
팩시밀리 · 0303-0942-0478

홈페이지 · www.chungeobook.com
E-mail · ppi20@hanmail.net
ISBN · 979-11-5860-642-8(03810)

이 도서의 국립중앙도서관 출판시도서목록(CIP)은 서지정보유통지원시스템 홈페이지
(http://seoji.nl.go.kr)와 국가자료공동목록시스템(http://www.nl.go.kr/kolisnet)
에서 이용하실 수 있습니다.(CIP제어번호: CIP2019015322)